AF219635

Corinna Franke

Behutsam

Corinna Franke

Behutsam

(mit Bildern der Autorin)

© 2022 Corinna Franke
Herstellung und Verlag:
BoD – Books on Demand, Norderstedt
ISBN: 978-3-7562-0237-9

Vorwort

Vor gut einem Jahr entdeckte ich die brasilianische Dichterin Clarice Lispector für mich.

Ihre Art zu schreiben und vor allen Dingen, worüber sie schrieb, nämlich hauptsächlich über Gedanken und Gefühle, inspirierte mich zu diesem Buch.

Corinna Franke,
März 2022

I.

Ich schaue aus dem linken kleinen des
drei-teiligen Fensters.

Das Dach des gegenüber liegenden
Hauses. Vier große, hohe, eckige
Schornsteine, zwei kleine, runde
Schornsteine. Aus dem hinteren kommt
Rauch.

*

Ich rauche eine Zigarette und mein Blick fällt auf die Teetasse. Der Beutel, der in ihr schwimmt, zeigt ein Männergesicht: zwei schläfrige Augen, eine lange, schmale Nase, ein schwarzer Bart, in dem der Mund verschwindet.

*

Ich schaue wieder aus dem Fenster, sehe
die Häuser auf der anderen Anhöhe,
dazwischen die Verästelungen der Bäume.
auf die Häuser fällt Sonnenschein,
strahlend blauer Himmel an diesem
Sonntagmorgen.

*

Jetzt raucht der vordere der beiden runden Schornsteine. Ich hole den Teebeutel aus der Tasse und im Augenwinkel sehe ich auf dem unteren Brett meines Nachttisches etwas blinken.

Leuchtende Punkte, wie bei der Rückseite einer CD. Prismen-artig. Es ist ein Klebestreifen auf meiner Medikamentenschachtel.

Ich habe zum 2. Mal hintereinander eine Bronchitis. Schmerzhaft beim Husten. Gestern habe ich mir, glaube ich, wieder eine Zerrung im rechten Brustkorb zugezogen. Ich habe nicht aufgepasst und mich nach einem Tablett auf dem Küchenschrank gestreckt. Ich bin da in letzter Zeit sehr anfällig.

*

Gestern war es nebelig bis grau. Wenn man länger auf eine Stelle des grauen Himmels guckte, sah man klitzekleine Punkte in rot-blau-grün, wie bei einem Röhrenfernseher, wenn er eine Störung, ein „Schnee-Bild" hatte.

*

Jetzt fällt auch etwas Sonnenschein auf die großen, eckigen Schornsteine.

Gestern Abend, als etwas die Sonne herauskam, sah ich im Vorübergehen im Wohnzimmer einen Sonnenstrahl, in dem sich der Staub (oder Rauch?) zeigte.

Nein, kein Rauch. Im Wohnzimmer, wo mein Kaninchen herumhoppelt, rauche ich nur selten.

*

Mein vorheriges Kaninchen war auf
Nikotin.

Wenn er durchhing und ich lange nicht in
seiner Gegenwart geraucht hatte, habe ich
mich mit einer Zigarette zu ihm gesetzt
und wir haben „erst mal eine zusammen
geraucht".

Dann wurde er ruhiger, entspannter.

*

Ich habe mich erleichtert. Aus dem Toilettenfenster hörte ich Vögel im Garten pfeifen.

Das Frühjahr kündigt sich an. Tatsächlich ist übermorgen meteorologischer Frühlingsanfang.

*

Auf dem Fensterbrett, halb vor meinem Lieblingsfenster, steht eine Orchidee.

Sie hat um Weihnachten geblüht, jetzt ist sie „kahl".

Neun Blätter zähle ich, so viele wie Blüten im Winter sprossen.

Ich habe jede neue Blüte, die aufging, gewürdigt, in dem ich die Orchidee in Abständen fotografierte.

*

Ich bin etwas kurzatmig durch die Bronchitis; kann es aber trotzdem nicht lassen, mir eine weitere Zigarette anzuzünden.

Gerade lief das „Adagio for strings" von Barber. Herrliches Stück.

*

Ich habe das rechte kleine Fenster in meinem Schlafzimmer einen Spalt geöffnet, um mehr Luft zu bekommen.

Es zieht kalt herein, die Autos vor unserem Haus sind vereist.

Jetzt höre ich auch durch dieses kleine Fenster Vogelgezwitscher.

*

Ich habe morgen wieder Massage.
Praktisch, da kann die Physiotherapeutin
gleich meine schmerzende rechte Seite
behandeln.

Ich liebe Massage, nur Fango vertrage ich
nicht.

Massage ist wie gestreichelt werden …

Das mit dem Fango, die Unverträglichkeit
von Hitze, kommt wahrscheinlich daher,
dass ich seit einiger Zeit in den
Wechseljahren bin und sowieso viel
schwitze. Da brauche ich nicht noch
zusätzlich Hitze.

Immer, wenn die Therapeutin mich warnt:
„Jetzt wird's kalt" und Creme auf meinen
Rücken aufträgt, seufze ich wohlig: „Ah,
schön kühl."

II.

Ich habe heute Mittag ein wenig geschlafen. Inzwischen ist es draußen dunkel. Ein Licht im Fenster des Hauses auf der gegenüberliegenden Anhöhe.

Außer der Teetasse befindet sich auf meinem Nachttisch eine weiße Vase mit pink-rosa-weißen Tulpen. Daneben eine Batterie-leuchtende Kerze in Form einer Seerose, daneben ein Kerzenhalter mit einem pink-farbenen Teelicht, das ich ständig für meinen Freund erneuere.

T. ist weiter weg in der Reha und ich sehe ihn fünf Wochen nicht.

An der Vase lehnt ein hübsches Foto von T. und die Postkarte, die er mir aus „weiter weg" geschickt hat. Sehr schöne Handschrift.

*

Vor drei Tagen habe ich abends eine kleine Krise bekommen und angefangen zu weinen.

Ich hatte etwas Wein getrunken und melancholische Musik gehört.

Der Tag war nicht gut gewesen, ich hatte mich schlapp gefühlt, fing leicht an zu schwitzen, mein Brustkorb tat weh vom Husten und das Herz schlug ungleichmäßig.

Ich war gerädert und vermisste meinen Freund.

Ich dachte, was mach ich denn jetzt. Ich konnte nicht aufhören zu weinen.

Ich überlegte, meine Freundin S. anzurufen oder jemand anderes.

Nein, eigentlich wollte ich T. sprechen.

Ich rief ihn an. Es war schon 23.30 Uhr und er hatte schon geschlafen, hörte sich aber geduldig meine Sorgen an.

Danach ging es mir besser.

*

Es kommt aber in den letzten Jahren auch vor, dass ich in keiner Stimmung bin. „Nicht Fleisch, nicht Fisch", denke ich dann.

Ich habe mich darüber auch mit meiner Schriftsteller-Kollegin K. unterhalten.

Sie erzählte mir von einer Leere, die sie oft empfand und gegen die sie anschrieb. Sie litt darunter und künstlerte, um nicht mehr zu essen und damit die Leere zu füllen.

*

Als ich heute Nachmittag aus dem Fenster schaute, fiel mir auf, dass das Dach gegenüber rot-braun gedeckt war. Zusammen mit meiner petrol-farbenen Strickjacke bildete es eine Farbkombination, die ich sehr liebte und die Erinnerungen in mir wachrief.

Erinnerungen an meine erste große Liebe. H. hatte rot-braune Haare und sein Lieblingshemd war petrol-farben.

Dabei fiel mir ein, dass ich ein paar Tage zuvor von einem Raum geträumt hatte, der aus diesen beiden Farbtönen bestand.

Im Traum sagte ich zu den Leuten, die sich auch dort aufhielten, „es macht mich glücklich schon allein der Farben wegen in diesem Raum zu sein."

III.

Heute hatte ich keinen guten Tag. Die Verrenkung und der Husten machen mir zu schaffen. Ich fühlte mich schlapp und kurzatmig. Ich schaffte kaum das Zähneputzen heute Morgen. Ich fühle mich wie ein „Auto, das auf den Felgen fährt".

Dann hatte ich die Wahl der Qual: Entweder zu Fuß das kurze Stück zur Massage-Praxis; dann musste ich auf dem Rückweg einen Berg hoch.

Oder das Auto, für das ich mich entschied. Leider stellte sich dabei heraus, dass das Lenken beim Abbiegen oder Einparken sehr schmerzhaft war.

*

Einen schönen Moment gab es aber doch heute Morgen, als sich die Sonne im Fenster eines Hauses auf der anderen Anhöhe spiegelte.

*

Letztens habe ich durch das rechte kleine Fenster meines Schlafzimmers auf das Dach rechts neben dem Haus gegenüber geblickt. Dort waren zwei orange-braune Rohre zu sehen.

Genau diese Rohre benutzte mein Freund T., um mir auf der Toilette einen Klopapier-Halter zu bauen, in den ca. 10 Rollen passten. Äußerst praktisch.

*

Heute habe ich viel im bzw. auf dem Bett gelegen und mich an meiner Ranke aus getrockneten Hortensien erfreut. Sie hängt über meinem großen Spiegel und reicht farblich von lila über grünlich bis zu bläulich. Am Rand es Spiegels habe ich außerdem eine Lichterkette aufgehängt, die ich abends einschalte. Das sieht sehr schön aus.

*

Inzwischen ist es Abend und es geht etwas besser mit Luft und Schmerzen. (Heute Morgen hat mir sogar das Rauchen keinen Spaß gemacht und das soll schon was heißen.)

Ich höre ruhige, klassische Musik und stricke an meiner vierten Patchwork-Decke.

Ich habe es heute weder zur Bank, noch zur Apotheke, noch zum Einkaufen geschafft. Meine Mutter war für mich einkaufen und hat mir eine Maxi-Schachtel Zigaretten mitgebracht, die wartend auf dem Nachttisch thront und ein kleines Highlight für diesen Abend ist.

*

Von den pinkfarbenen Tulpen, die langsam
verblühen, habe vier Stück ihre Farbe
geändert in flieder-farben.

Einige Blütenblätter sind schon abgefallen
und ich habe sie in mein T.-Tagebuch
gelegt zum Trocknen und Pressen.

Vielleicht kann ich einen Brief, z. B. an
meine Sponsorin, damit hübsch gestalten.

V.

Ein schöner, wenn auch schmerzvoller und anstrengender Morgen. Der Himmel war rosa-blau.

Nachdem mich acht Reihen stricken erschöpft hatten, legte ich mich hin und dachte, wie schön es wäre, wenn jetzt mein Freund T. neben mir läge und ich seinen süßen Bauch streicheln könnte.

Ich machte einen Versuch: Ich legte meinen Stoffhasen neben mich und legte ihm ein kleines Kissen auf den Bauch. Dann stellte ich mir T. vor und streichelte das Kissen. Es fühlte sich so schön an wie in echt.

Im Hintergrund lief klassische Musik. Ein herrliches Gefühl.

*

Meine Schriftsteller-Kollegin K. erzählte
mir im Zusammenhang mit meiner
Bronchitis/Kurzatmigkeit, dass sie seit
Jahren das Gefühl habe, als sei ein Teil
ihres rechten Lungenflügels abgetrennt,
unbenutzt.

*

Ob die positiven Schwingungen des „Trocken-Streichelns" wohl bei T. in „weit weg" angekommen sind, während er z. B. gerade lernt zu atmen (Atemtraining)?!

*

K. erzählte mir, dass es eine Phase in ihrem Leben gegeben hat, in der sie sehr viel ferngesehen hat. Da hatte sie dann öfter das (nicht schmerzhafte) Gefühl, eine Ecke des TV stecke in ihrem Kopf.

Jetzt liest sie viel und hat das gleiche Gefühl wie beim Fernsehen, nur diesmal steckt eine Ecke des Buches in ihrer rechten Gehirnhälfte, „als stecke ein Briefchen Streichhölzer in meinem Kopf."

*

K. sagt, sie hat manchmal das Gefühl, vom vielen Lesen und dem Aufstauen von Geschichten sei ihr Kopf schwer geworden.

Ich habe mal ein Buch über dieses Phänomen gelesen: „Firmin". Es handelt von einer Ratte, die in einem Buchladen lebt und nachts die Bücher liest und davon einen schweren Kopf bekommen hat.

*

In dem Zusammenhang fällt mir etwas ein:
K. hat einen sehr aufrechten, würdevollen
Gang.

Als ich ihr das sagte, erwiderte sie:
„Wenn Du nur wüsstest, wie schwer ich
mich fühle und wie bewusst ich mich
aufrichten muss. Eigentlich ist mir eher
nach „nach vorne klappen/knicken", wie
ein Klappmesser. Wenn ich mich gehen
ließe, würde ich mit dem Oberkörper ganz
nach unten klappen und auf allen Vieren
kriechen."

V.

Seit Tagen scheint die Sonne. Es ist
Frühling.

Im Frühling bekommen die Bäume Blätter,
im Sommer blühen die Blumen, im Herbst
werden die Blätter bunt und im Winter
legt sich Schnee auf die kahle Landschaft,
damit sie schön aussieht.

*

Es ist jetzt insgesamt heller.

Meine Kollegin K. erzählte mir letztens, sie habe sich einsam gefühlt, „alles war irgendwie dunkler um mich".

Sie hatte nicht schlafen können; da habe sie versucht, sich „heller zu denken".

Ich entgegnete ihr, dass ich nichts gegen Einsamkeit hätte, solange es „hell" wäre. Ich bräuchte sogar das Allein-Sein.

*

K. führte weiter aus, dass sie diese leichte „Weniger-Helligkeit" früher oft in der Wohnung ihres Ex-Freundes, eines Alkoholikers empfunden habe.

Ich kann mich schwach an die Zeit vor meiner Mathematik-Prüfung im Abitur erinnern; da war auch alles dunkler, gelblicher.

*

Jasmin Tee schmeckt irgendwie „hell".

VI.

Ein Mann in Orange mit Säge schneidet die
Hecke des Nachbarn und zwitschert
fröhlich die Melodien eines Vogels nach.

44

*

Mir geht es gesundheitlich besser, und auch mein Freund T. erzählte mir gestern am Telefon, dass es ihm „insgesamt besser" gehe.

VII. a)

Auf meinem Nachttisch steht jetzt eine lila
Glockenblume mit lila Umtopf.

Ich habe fliederfarbene Teelichter gekauft.

Meine Teetasse ist lila.

*

Am Wochenende war meine Cousine Ä.-O.
zu Besuch.

Bei Weißwein unterhielten wir uns am
Küchentisch. Im Laufe des Abends kamen
wir auch auf erotische Themen zu
sprechen.

Ä.-O. erzählte mir von einem Traum, den
sie vor einiger Zeit hatte:
Sie war auf einer Kirmes, sie war erregt,
sie setzte sich in einen Sitz des
Kettenkarussels, vorne, wo der Querbügel
zum Festhalten war, war eine zusätzliche
senkrechte Stange zwischen ihren Beinen,
an der habe sie sich gerieben und flog so
ihrem Höhepunkt entgegen.

VII b)

Als meine Cousine Weihnachten das letzte
Mal hier war, stand auf dem Küchentisch
eine Amarylis.

Sie alterte schon und bekam silberne
Stellen und die Staubfäden und die Nabe
krümmten sich.

Ä.-O. und ich unterhielten uns über das
Älter-Werden.

Ich sagte, dass ich kein Problem mit dem
Alter hätte, im Gegenteil, ich freute mich
darauf, wenn meine Haare von braun über
grau zu weiß würden.

VIII.

Ein kleiner Farbfleck am Rand des linken
Daumennagels.

Eine kleine und eine klitzekleine
Verletzung am weißen Blütenblatt des
immer noch blühenden Weihnachtssterns.

*

Manchmal bin ich ganz nah bei mir, sehe
meine Hände/mich agieren, wie ein Baby,
das in frühem Alter seine Hände entdeckt;
bin ein in mir geschlossenes, lebendiges
Wesen, ohne Fäden zur Außenwelt.

*

Links über der Oberlippe wächst mir ein Schnurrbarthaar.

IX.

Ich habe heute Nacht mal wieder
geträumt, ich könnte mich über dem
Boden schwebend eine kleine Strecke
vorwärts bewegen, z. B. über Scherben …

*

Es gibt für mich zwei Arten von
Dingen/Gedanken, die zählen:
die schönen und die interessanten.

*

Meine Kollegin K. erzählte mir einmal im Zusammenhang mit dem Thema „Glück", dass sie manchmal die Fantasie habe, sie sei „die neue Else-Lasker-Schüler". Die Leute würden ihr das einreden und sie würde es (fast) glauben.

*

Perlende Klaviermusik lässt eine Blume vor meinem geistigen Auge entstehen.

X.

Ein Rabe sitzt auf einem der hohen
Schornsteine vom Haus gegenüber.

*

Heute Nacht habe ich von zwei Zweigen mit Fliederblüten geträumt, die wie in Zeitraffer schnell Zentimeter für Zentimeter auf mich zu wachsen.

Flieder ist meine Lieblingsblume. Er blüht meistens noch im Mai, wenn ich Geburtstag habe.

*

Mein Freund T. und ich haben heute
5. Jahrestag.

*

Vor seiner Abreise hat er aus Versehen
einen Knick in das Buch gemacht, das ich
gerade lese.

Das Buch ist von Clarice Lispector, die auch
auf dem Umschlag zu sehen ist.

Jetzt – durch den Knick – sieht es aus, als
ob Clarice weint.

*

Eine Vertraute hat öfter zu mir gesagt, dass zwei Menschen sich nie gleich stark lieben.

Ihrer Meinung nach sollte der Mann die Frau mehr lieben als die Frau den Mann.

Ich finde es umgekehrt schöner.